Lou Pilouface

致 迪米特里

[法] 法兰斯瓦·普拉斯 著　谢昱 译

# 出发吧，硬骨头号

2

## 鹦鹉失窃案

中信出版集团 | 北京

博尼·彼鲁法斯
硬骨头号船长
赫兹
无线电报务员
图图
机械师
露露·彼鲁法斯
博尼船长的外甥女

杜巴佑
厨师
迪迪
水手
阿喜
露露最好的朋友

# 1

“这雨下得没完没了！我连一只干袜子都不剩了！赫兹，天气预报怎么说？”

整整十天十夜，硬骨头号在博尼·彼鲁法斯船长的指挥下，一直冒着大雨和风暴航行。

“明天，大风有雨。”船上的无线电报务员赫兹回答说，“后天，大风有雨。”

“天哪，这雨停不下来了吗？让杜巴佑准备魔鬼烩虾，我得在肚子里升起个小太阳才行。”

“好的，船长！”

“另外，去叫懒鬼图图起来干活。告诉他加大马力——这船慢得像蜗牛爬！”

“是，船长！马上，船长！”

赫兹走出驾驶舱，冒着倾盆大雨来到厨房。厨师杜巴佑正在削土豆。

“魔鬼烩虾？他还想要什么？冰箱都空了！今天吃的会和昨天一样：碎吞拿鱼配水煮土豆。”

赫兹又冒着雨打开另一扇门，顺着机器舱的铁楼梯走了下去。

“图图！船长下令，加速！”

“没法子！”机械师图图擦着两只满是油污的黑手，回答道，“油箱里快没有柴油了。”

“如果继续这样下去，我们很快就不得不徒手划船了。”水手迪迪靠着一根钢管，补充道。

“那我怎么向船长交代呀？”赫兹叫苦不迭。

“不用交代，你什么都不用对他说。”一个小小的声音说道，“由我去跟他说。”

说话的人是露露，船长的外甥女，此时正在和她的朋友阿喜玩抛接游戏。露露和阿喜天性乐观，也一点儿都不晕船，喜欢乘坐大船航海。还有，她们天不怕地不怕。

硬骨头号行驶缓慢，博尼担心这拖船会出故障。他寻思着也许该发出一个求助信号。可对一位公海拖船的船长而言，这样做简直是颜面扫地。

一般来说，他，博尼船长，才是那个去火速救援其他故障船只的人。

“舅舅！”

露露走进驾驶舱，飞快地在博尼的脸上亲了一下。

“我跟你说了一千遍了，别叫我舅舅。在这儿，我是所有人的船长。赫兹在哪儿？”

“在机器舱呢，和图图在一起，舅舅。”

硬骨头号在巨浪间颠簸。一个接一个滔天大浪，拍打在甲板上。

露露叹了口气。

“怎么了？”博尼问道。

“阿喜给我看了手相。”

“哈！就差这一出了，她还会看手相呢。”

“是的。她能预测未来。”

“关于天气，你的手相预示了什么？”

“什么都没有。”

“那关于柴油呢？”

“也什么都没有。”

“真行！”

“她说我很快会见到妈妈。”

“我不知道你们俩该怎样见面，除非她乘降落伞从天而降！”

“如果妈妈真的乘降落伞从天而降，我还能跟着你吗，舅舅？”

“不行。一个小女孩不应该老是待在一艘公海拖船上。”

露露赌起气来。突然，她在巨浪的缝隙间看到一些亮光。

“舅舅，快看！好像是一艘船。”

“是的，你说得没错。”

博尼转了一下舵。硬骨头号向灯光闪烁的地方驶去。

“好家伙！”博尼拿起望远镜一看，吹了声口哨，“出故障了，可这是一艘多漂亮的船呀！像星星一样闪闪发光！”

就在此时，赫兹伸进头来，向他报告：“船长！我收到一个求助信号：船只故障。来自我们眼前的这艘白色大船——提拉米苏号。”

“好极了！向前行驶，孩子们，我们过去！”

经过博尼的一番完美操作，硬骨头号顺着提拉米苏号的船体靠了上去。

博尼刚登上提拉米苏号，一位等候在那里的身穿考究制服的船长，便向他伸出手来。

“啊！亲爱的朋友，一定是老天把您派来的！”他大声说，“我是托尼·贝尔康托，这艘船的船主。我们要去巴西的里约热内卢。但是……唉！我们的船刚刚出现了故障。”

“我明白。”博尼平静地回答道，“希望您允许我和我的机械师下去，检查一下您的发动机。”

“请随意，就像在您自己的船上一样。您忙完后，我自然要请您吃顿饭。您想吃些什么？”

“魔鬼烩虾。”这时露露也爬了上来，答道，“请您给阿喜一根鸡骨头，外加番茄酱。”

“没问题，亲爱的小小姐，我这就吩咐厨师去准备。”

# 2

“怎么样，您觉得情况如何？”托尼问道，“能修好吗？”

两位船长端坐在提拉米苏号宽敞餐厅的餐桌前。

“海上不行。”博尼答道，“闸门都松脱了，而且您需要‘节食’了。”

“我可不胖呀。”托尼大惑不解。

“不是您，是提拉米苏号运载了太多柴油。幸亏我的油箱里还有地方，我们会拿走一些，减轻您的负担。我可以把您的船拖到里约，价格也公道：每天 1000 美元。”

“太好了！谢谢上校！”

“商船上没有上校。我是船长。博尼·彼鲁法斯船长。”

一条缆绳将提拉米苏号和硬骨头号连接起来。博尼船长很兴奋：暴风雨平息了，油箱装满了，生意重新做起来了，硬骨头号精力十足地拖着它的伙伴上路了。

船员们享受着提拉米苏号的美味餐饮：早上

供应新鲜的牛角面包，中午和晚上由餐厅直接送来豪华大餐。

在提拉米苏号上，露露和阿喜就像是在度假。晚上，阿喜在通道上跑来跑去，让全身的骨头发出可怕的叮当声吓唬乘客，她玩得不亦乐乎。露露则蒙着一大张白被单，紧跟在她身后。已经有三位乘客被吓晕过去，实在是太好玩了。

一天早上，托尼请博尼到他的船上去。他一脸神秘，把电话递给博尼。

“您的电话。一位非常尊贵的女士说是您的妹妹。”

博尼皱着眉头，接过电话。

“喂！是你吗，帕梅拉？什么事？”

“我的好博尼，我要去纽约大剧院演出一部杰出的作品《贡多拉船夫的未婚妻》。你知道吗？这是天大的机遇。这是我一生中最重要的角色。”

“太好了，帕梅拉！祝贺你。可是，你哭什么呀？”

“我被困在圣克鲁斯·德·特内里费了，你快来接我吧！”

“哦，我可怜的帕梅拉，可是我做不到呀。我不去纽约，我要去里约！”

“我就知道你还是那么不通人情！一直都是这样！你只考虑自己！”

“帕梅拉，我的好妹妹，这真的不可行，要绕很远的路。我们真的不能去接你！再见！”

博尼正要挂断电话，托尼却拦住了他。

“上校，这位帕梅拉是谁？我听着好像是帕梅拉·迪瓦的声音。”

“就是她，那是她的艺名。”

“帕梅拉·迪瓦？著名的帕梅拉·迪瓦？我们得去接她呀！”

“那其他乘客怎么办？”

“我去跟他们说。他们肯定会同意的。帕梅拉·迪瓦！我做梦都想认识她。”

# 3

在圣克鲁斯·德·特内里费，帕梅拉穿着白色长裙，戴着大檐帽子，等在码头上，身后是一支庞大的搬运工人的队伍，准备将她旅行必备的32只箱子搬上船。

当然啦，还跟着她的宠物鹦鹉琥珀。

“哎，哎！博尼！嗨，嗨！亲爱的露露！”帕梅拉挥着手臂叫道。

“糟糕！麻烦来了。”博尼咬牙说道。

托尼则疾步上前去迎接大明星。他一心想邀请帕梅拉参观他的豪华游轮。

“亲爱的帕梅拉·迪瓦，非常荣幸能接待您。

我已经给您预留了最好的船舱。您就安心住下吧。我保证让您按时到达纽约。”

“您人真好，贝尔康托先生。”帕梅拉一边摘下手套一边说，“您是一位真正的绅士。”

大家都上了船，硬骨头号拖着提拉米苏号再次上路。与妈妈团聚，露露非常高兴。但自由自在的假期结束了，她又有些遗憾。现在，她每天只能和阿喜玩一个小时，还必须是在写完所有作业之后。

“我不太喜欢看到你和那个阿喜玩，她对你的影响不好。”

“可是妈妈，我自己一个人玩会很无聊。”

“她没有教养，又骨瘦如柴，看起来睡眠不足。她还为了找乐子吓唬乘客。我不许你晚饭后离开船舱出去和她玩，知道吗？”

“知道了，妈妈。”

帕梅拉说得对，阿喜是不爱睡觉。夜里，她总是出没在船舱各处。而恰恰因为这个习惯，她偶然间听到两个阴险的家伙的对话。那两个人正是博尼船长的老对头——莽汉热德昂和大海盗乌斯·达博贝克。

“听说就是因为这个帕梅拉·迪瓦，我们去不成里

约了。你认识她吗？”乌斯问道。

“我认识她吗？”热德昂回答道，“当然认识！她可是个鼎鼎有名的大明星！主演过《泰塔温的

三个文身人》和《帕拉瓦的响板》。”

“她比印度君王还有钱。你看到她那些行李了吗？”

“有钱没钱我不知道。有名，是肯定的。她是纽约大剧院下一部轻歌剧《贡多拉船夫的未婚妻》的主演。”

“啊？热德昂，如果未经我们允许，她觉得她可以出演吗？只有我们同意才行。”

“哦？你脑袋里有什么鬼主意了……”

这两个家伙边商量着，边从阿喜身边经过时，她刚在一扇门后藏好身。

阿喜隐约听到了这两个坏蛋的对话。他们要在提拉米苏号上谋划些什么呢？

唯一的办法就是悄悄跟踪他们。不过，这对阿喜来说可不是一件容易的事——你知道的，她一动，骨头就会发出轻微的碰撞声。

“咦？你听到了吗？”乌斯突然说。

“什么？”热德昂问。

“骨头碰撞的声音。奇怪……”

阿喜屏住呼吸，紧贴在舱壁上，这对她来说也很困难，因为总有一些空气从她肋骨间穿过，嗞嗞作响。

“我只听到很小的嗞嗞声。奇怪……”

“奇怪。咦，你也说奇怪了？真是奇怪！”

## 4

夫人，如果您想按时到达纽约，就请在这个花篮的信封里装入两万美元。然后，子夜时分，请您把篮子放在游轮后部，第二个和第三个救生艇之间。否则，您就只能遗憾地和您在《贡多拉船夫的未婚妻》里的角色说再见了。

一个崇拜者

“这是崇拜者？这是强盗！无赖！”帕梅拉气愤地喊道。

她盛怒不已地挥舞着那封信。信是前一天晚上随同放在她门口的花篮一起送到的。托尼好不容易才让她平静下来。

“把信给我，亲爱的帕梅拉，我们来给这个无赖设个陷阱。”

子夜 12 点到了，帕梅拉按照信里的要求，准时把篮子放在两个救生艇之间。托尼安排了几个水手，藏在救生艇的苫布下面。他自己也藏在附近。

可是并没有人出现。

他们都没注意到，有一个系在渔线上的鱼钩已经钩住了篮子。

12 点半，篮子摇了摇，一下子升到半空。接着，一个黑影接住它，马上跑开了。黑影消失在游轮的尽头。

五分钟后，在底舱深处的一个角落里，黑影摘下了他的围巾、帽子和手套。

正是大海盗乌斯。

在他身边，莽汉热德昂正搓着两只手说："快，让我看看！"

乌斯抓起信封，用手指摩挲着。信封鼓鼓囊囊的，像个鸡蛋。他打开信封，不由得骂了起来："好大的胆子！这个帕梅拉·迪瓦竟敢愚弄我们！"

"什么！"

“她在信封里装满了报纸！”

“这是绝对不可饶恕的！看来，她还不知道我莽汉热德昂的厉害！这下，她可别想到达纽约了！”

他们来到船尾，用斧子去砍提拉米苏号和拖船之间的缆绳。

1 点差一刻，缆绳被砍断了。提拉米苏号顿时停了下来。而在它的前方，硬骨头号因为突然失去了负荷，全速破浪驶向远方。

“又出毛病了！谁把火药放到发动机里了吗？”博尼发起火来，“赫兹，去看看怎么回事！”

“马上，船长！”

无线电报务员赫兹下到机器舱，只见机械师图图正在担心地查看仪表。

“真是见鬼！”他骂道，“我一点儿都不明白，发动机为什么突然间就超速运转起来了！”

被惊醒的水手迪迪来到甲板上，想透透气。硬骨头号不同寻常的速度让他吃了一惊。他望向拖船的航迹。突然，他大喊起来：“我的天哪！提拉米苏号不见了！”

听到赫兹的报告，博尼急忙赶到拖船的尾部。

“情况很清楚，缆绳断了。赶紧掉头，孩子们！我们回去找提拉米苏号。”

过了一会儿，两艘船终于又被连接在一起，重新上路。可是，第二天早上，起风了，船速不得不慢下来。

帕梅拉因为船行缓慢很不高兴，抱怨不断：博尼的船开得不够快啦，托尼没有抓到那个强盗啦，露露不做作业啦，阿喜晚上在船舱通道上游荡啦……大家都得忍受她的坏脾气。

**笃，笃！**

帕梅拉打开门，看到莽汉热德昂和大海盗乌斯站在门口，他们正在努力地挤出满脸笑容。

“亲爱的帕梅拉·迪瓦，没有打扰您吧？我们代表其他乘客，邀请您今晚在餐厅大堂举行一个小型演唱会，可以吗？”热德昂假装彬彬有礼地说。

“可我有很多事情要做。”

“很多事情，很多事情。”鹦鹉琥珀在她身后重复着。

“来吧，只唱一首歌也好！我们可不是经常有机会能和大明星帕梅拉·迪瓦一起旅行。您会让我们大家备感荣幸的……”

“备感荣幸，备感荣幸。”琥珀重复道。

帕梅拉犹豫着，可她对这番恭维很是受用。

“好吧。我和托尼先生安排一下。晚上见，先生们。”

两个坏蛋离开了。

“太好了！”莽汉热德昂说，“她今天晚上会很忙，我们有充足的时间去‘关照’她那只讨厌的鹦鹉了。”

# 5

夜幕降临，帕梅拉挽着托尼的手臂走进餐厅大堂，大家全体起立，鼓掌欢迎她。

“看看，您多么受欢迎啊，亲爱的帕梅拉！为了今晚的盛会，我特意让他们开了香槟酒。”托尼说。

“奇怪。”帕梅拉说，“我没有看到今天早上那两位风度翩翩的崇拜者。”

“他们活该！谁让他们迟到呢！亲爱的帕梅拉，您准备为我们演唱哪些曲目呢？”托尼催促道。

“《贡多拉船夫的未婚妻》里的几首歌曲。不过，我提醒您，其中的一首有些恐怖，在《白衣女士》

那一幕。”

“为什么会恐怖呢？”

“我将扮演一个幽灵，声音会变得高亢尖锐。您看着吧，会相当震撼。”

大家重新就座。帕梅拉站在钢琴旁，开始演唱。观众从第一个唱段起就被征服了。几首歌曲过后，女神终于演唱到《白衣女士》那一幕。她全身心投入其中，声音高亢到连香槟酒杯都一个接一个地碎裂开来。船舱外，十几只飞翔中的海鸥在听

到她的歌声后，纷纷坠入水中。

随着最后一个音符的结束，帕梅拉向观众鞠躬致意。观众先是如醉如痴地沉默着，有些人还在反复回味耳中流连不去的鸣响。随后，雷鸣般的掌声爆发出来。

“我亲爱的帕梅拉，”托尼向她表示祝贺，“您的声音真是无与伦比！它带给我的恐惧和愉悦相互交织的感受，令我此刻依然颤抖不止。”

晚饭后，托尼送帕梅拉·迪瓦回到船舱。

“晚安，亲爱的帕梅拉。我将带着您的歌声进入梦乡。等到了纽约，我每天晚上都去剧院听您演唱。”

“晚安，船长。一夜好梦。”

托尼吹着口哨向驾驶舱走去。突然，一声可怕的叫声传到他的耳中，让人毛骨悚然，仿佛能把死人吵醒……

“琥珀！”

托尼急忙赶了回去。

“琥珀！有人偷了我的琥珀！”帕梅拉扑到他的怀里，哽咽着说，“没有它，我可怎么排练呀！”

“它可能只是走丢了。”托尼回答道，试图安慰她，“您别担心，我会让人四处张贴启事，我们一定会找到它。”

可是，日子一天天过去了，琥珀再也没有出现过。再也没有人看见它或是听到它的声音，再也没有人看到过它那黄绿相间的美丽羽毛，或是听到它那不可救药的多嘴多舌。

游轮越接近纽约，帕梅拉就越不安。

一天夜里，露露听到阿喜轻轻的叩门声，便悄悄穿好衣服，出去与她会合。阿喜把她带到餐厅的厨房，藏到一张桌子底下。

“我们为什么要藏在这里？”露露小声问。

阿喜竖起一根手指放在嘴巴前。这时，大海盗乌斯和莽汉热德昂走了进来。热德昂打开一个橱柜，把一整盒花生全倒进一个口袋里。

“我受够了，总要喂那只该死的鹦鹉。它就知道吃。”

“我想亲爱的帕梅拉·迪瓦也快受不住了。她已经一个星期没看见琥珀了，明天晚上我们就要到达纽约。是时候给她写封信了……”

亲爱的女士：

如果您还想再次见到琥珀，请在这个信封里装入三万美元，明天子夜时分把它放到护士室的医药柜里。

您的崇拜者

另附：别耍小聪明，否则您将再也见不到琥珀了。

“啊！这次我该怎么办，亲爱的托尼？”帕梅拉问道，把信递给他。

托尼很认真地思考起来。

“这个坏蛋是个蠢货。您就按照他的指令办，把真的钞票放进信封里，以免他起疑。护士室只有一个入口，医药柜也只有一个门。他数钱的时候，我们就能抓住他。您只需想着您即将扮演的角色，还有等待着您的荣耀吧。让我来安排其他的事。”

“我就是有些担心这个……”

远处，纽约的灯火终于出现在大家的视线里。硬骨头号和提拉米苏号将于凌晨时分到达。帕梅拉将三万美元装进信封——这可是她的全部积蓄。她迈出船舱，又惊叫着退了回来，迅速躲进床下。太可怕了！她刚才看到了一个幽灵！这时笃笃笃三声传来，幽灵在敲门！

“妈妈，是我，别怕！”露露揭开盖着她的床单，说道。

帕梅拉生气地钻了出来。

“露露！你吓死我了！你觉得现在是玩这种愚蠢把戏的时候吗？而且你还和阿喜在一起？”

“妈妈，阿喜找到了强盗们的藏身之处。他们有两个人，我们认出了莽汉热德昂。（阿喜在旁边点着头。）最重要的是，我们有个主意可以抓住他们。”

帕梅拉慢慢冷静下来，露露把她的计划解释给妈妈听……

子夜降临，帕梅拉·迪瓦来到提拉米苏号的

护士室。她从托尼安排的埋伏在附近的水手前面经过，不禁耸了耸肩膀：这是什么埋伏呀！任何人一眼就能发现他们，就像鼻子长在脸中央那样明显。她把信封放在医药柜的两个瓶子之间，头也不回地离开了。

水手们在外面等着。

什么都没有发生。

没有人来。

# 6

如果水手们乐意，他们可以在门口等上100年。而事实上，一切都发生在厨房里……

有人把预先切割好的一块板壁拿了下来。

是大海盗乌斯。只要通过这个缺口，他就能把手伸进医药柜了。

他抓起信封，又把那块板壁重新放好。然后，他像影子一样穿过厨房，下了三段楼梯，左转两次，穿过一个通道，上了一层楼，推开一扇门，再向右转，又从一个铁梯子下去，打开最后一扇门，见到了莽汉热德昂。

“怎么样，拿到钱了？”

“是！这次，是真的钞票！”

“我们有钱了！”

“我们有钱了！”琥珀尖声重复道，“我们有钱了！”

“我真想扭断这个讨厌鬼的脖子。”热德昂把鹦鹉攥在他的大拳头里，抱怨道，“我喂它的时候，它又咬了我！”

“再忍耐一下。”乌斯一边回答，一边用胶布封住琥珀的嘴，“到了纽约，我们要赶在其他乘客之前下船。到时候，咱们把琥珀拴在后面的舷梯上，揭开它的胶布。这样，它肯定会把人都吸引过去。借着它造成的混乱，咱们有充足的时间从另一侧下船。”

“乌斯，你真是个天才。”

这两个窃贼悄悄走了出来。

突然，前方舷梯的拐角处出现了一个窃贼们从未见过的最可怕、最吓人、最阴森的幽灵。只见在一大块飘浮的白布的顶上，一个小小的骷髅头正用空洞的眼神盯着他们。

这还不算什么……

最可怕的是，这个怪物发出了刺耳的吼叫声。

两个窃贼吓得扔下信封和鹦鹉，惊叫着飞快地跑开，匆忙打开一扇舷窗，跳了下去。

**扑通！扑通！**

他们在港口肮脏的海水里游泳逃跑了。

“问题彻底解决了！”露露喊着，从床单下露出头来。

“呼！我都快喘不上气来了！”帕梅拉也叫起来，脸红得像个番茄，“我好像还从没把声音提得这么高过。”

她转向阿喜，在阿喜瘦骨嶙峋的两颊上亲了两大口。

“原谅我，阿喜。我再也不会对你挑三拣四了。”

琥珀绝望地转着眼珠。

“哦！我可怜的琥珀！”帕梅拉揭下胶布，“这些坏蛋把你的嘴给封住了！”

“通常，”露露说，“它总是喋喋不休。听不到它说话，我倒觉得很奇怪。”

“奇怪？你说奇怪？真是奇怪！”琥珀模仿道。

“奇怪的是，”博尼赶来了，他补充说，“警察在这附近抓到了两条有趣的鱼。”

大家看到两个窃贼被警船打捞了上来，都大笑不已。

帕梅拉·迪瓦
帕梅拉·迪瓦
大剧院
EL DORADO
ASTI

# 7

纽约大剧院爆满。

所有人都想去看帕梅拉·迪瓦扮演的新角色——贡多拉船夫的未婚妻。

硬骨头号的全体船员占了一整个包厢。图图、迪迪、杜巴佑和赫兹都穿上了正式的礼服，博尼也穿上漂亮的礼服。

剧院大厅座无虚席。

托尼送给提拉米苏号上的乘客每人一张演出票。阿喜非常兴奋，全身骨头叮当作响，因为这是她第一次去剧院。她紧紧抓着露露的手，而露露则为能够看到妈妈的演出而备感骄傲。

第一幕的演出很完美。

幕间休息的时候，帕梅拉回到她的化装间，只见托尼送给她的巨大的玫瑰花束摆在房间中央。她换好第二幕需要的衣服。

幕布升起。

乐队开始演奏《白衣女士》的旋律。

“我一定要让观众留下深刻的印象。”帕梅拉低声自语道。

一开始，她低声呢喃，继而声音开始增强、增高，直到高亢得像警报汽笛一样鸣响、震荡不已。

恰在此时，完全出于巧合，供电系统出现了故障，整座城市陷入一片黑暗。观众们在惊慌中逃离剧院。没有了信号灯的路口，到处拥堵一片。

第二天，所有的报纸都在津津乐道这件大事：“闪亮登场的帕梅拉·迪瓦使全城灯火熄灭。”“帕梅拉·迪瓦，迷倒所有心灵的声音。”“帕梅拉·迪瓦出演《贡多拉船夫的未婚妻》，美妙的恐惧！”“帕梅拉·迪瓦，令人战栗不已的《白衣女士》。”

而在报纸的最后一页，还刊登着这样一则新闻：“大海盗乌斯和莽汉热德昂，这两个臭名昭著的强盗，趁供电系统故障越狱潜逃。”

接下来的那个星期日，博尼邀请他所有的亲

友一起乘坐硬骨头号去小岛上野餐。

“我计划在纽约停留更长的时间。”帕梅拉说，“剧院经理对演出非常满意，决定延长演出的周期。观众们也都愉快地等待着令人战栗的《白衣女士》再次出现，人们还是喜欢刺激。”

“我也要再停留一段时间。”托尼握着帕梅拉的手说，“我们必须把提拉米苏号的发动机拆卸下来进行维修，这需要几个月的时间。”

“博尼，我能把露露和阿喜继续托付给你照顾吗？”帕梅拉问，“你知道艺术家的生活有多么艰辛……”

PIER 5

“好。”博尼生硬地回答。

“太棒了！”露露搂住了他的脖子叫道。

正在此时，厨师杜巴佑把他拿手的魔鬼烩虾端到了野餐布上，大家开始大快朵颐。

“我还是觉得，”图图舔着手指问大家，“这次供电系统的故障，真的很奇怪，你们不觉得吗？”

鹦鹉琥珀啄着自己的羽毛，应道：“奇怪？你说奇怪？真是奇怪！”

故事讲完了

图书在版编目（CIP）数据

出发吧，硬骨头号. 2, 鹦鹉失窃案 / (法) 法兰斯瓦·普拉斯著；谢昱译. -- 北京：中信出版社，2021.4

ISBN 978-7-5217-2769-2

Ⅰ. ①出… Ⅱ. ①法… ②谢… Ⅲ. ①儿童故事—图画故事—法国—现代 Ⅳ. ①I565.85

中国版本图书馆CIP数据核字(2021)第027345号

L'enlèvement du perroquet
By François Place


## 出发吧，硬骨头号 2：鹦鹉失窃案

著　　者：[法]法兰斯瓦 · 普拉斯
译　　者：谢昱
出版发行：中信出版集团股份有限公司
（北京市朝阳区惠新东街甲4号富盛大厦2座　邮编　100029）
承 印 者：天津市仁浩印刷有限公司

开　　本：787mm × 1092mm　1/32　　印　　张：2　　字　　数：54千字
版　　次：2021年4月第1版　　印　　次：2021年4月第1次印刷
京权图字：01–2021–1325
书　　号：ISBN 978–7–5217–2769–2
定　　价：18.00元

出　　品：中信儿童书店　　图书策划：将将书坊
策划编辑：张慧芳　张钰　　特约策划：杨雪枫
责任编辑：陈晓丹　　封面设计：程然